Stupeur et tremblements

FichesdeLecture.com

Stupeur et tremblements
(Fiche de lecture)

I. INTRODUCTION

Roman à succès paru en 1999, *Stupeur et tremblements* est la neuvième œuvre d'Amélie Nothomb, auteur en vogue de ces dernières décennies. Cette œuvre qui ne ressemble à aucune autre, hormis celles qui englobent la carrière de l'auteur est une œuvre qui se veut sociale, dénonciatrice, mettant à jour les vices d'une société japonaise au système pas si bien rodé.

Le roman revêt une grande part autobiographique avouée. Le prénom de l'héroïne n'est d'ailleurs autre qu'Amélie. C'est donc une partie de sa vie et de son expérience que l'auteur couche sur le papier, bien que parfois de manière trop brutale, caricaturée, voire grotesque.

Publié chez Albin Michel, le roman connut très vite un large succès. Il fut récompensé en 1999 par le Grand Prix du roman de l'Académie française et fut l'objet d'une adaptation cinématographique orchestrée par Alain Corneau, un film sorti sur les écrans en 2003.

II. RÉSUMÉ DE L'ŒUVRE

Amélie-San, une jeune européenne de nationalité belge vient tout juste de terminer ses études à l'Université. Elle rêve d'une grande carrière dans les empires financiers japonais. Son attirance pour ce pays découle de sa petite enfance qu'elle a passée au pays du Soleil Levant. Cette attirance ainsi que sa connaissance parfaite de la langue japonaise l'incitent à postuler auprès de l'une des plus importantes compagnies du pays, qui était aussi une des plus grandes compagnies de l'univers, la société Yumimoto. Cette société est spécialisée dans l'import-export de produits en tout genre, du fromage finlandais aux pneus français, en passant par le commerce de la fibre optique issue du Canada. Monsieur

Heneda dirigeait cette faramineuse entreprise, dont les rentes dépassaient l'entendement. Amélie-San fut donc engagée et passa ses premiers jours au sein de la boîte.

Très rapidement, elle comprit qu'elle n'avait pas été engagée pour ses qualités de travail, et que les tâches qui lui incombaient étaient plus qu'inférieures au travail qu'elle aurait été en mesure de fournir au vu de ses qualifications professionnelles. De plus, elle comprit immédiatement toute l'importance de la hiérarchisation au sein de l'entreprise. Elle avait pour supérieure directe une dénommée Melle Mori, jeune femme svelte, élégante, et Amélie-San était stupéfaite par la beauté, la régularité de son visage. Elle lui vouait même plus qu'une admiration, car cette beauté presque irréelle la terrorisait. Les jours passant, Amélie-San ne comprenait toujours pas quel rôle elle avait dans l'entreprise, mais cela lui était égal. Le supérieur de Melle Mori, Mr Saito, lui avait donné pour mission de lui préparer et de lui apporter le café au gré de ses envies. Mais une fois de plus, cette tâche, bien que quelque peu ingrate, n'importunait guère la nouvelle recrue. De plus, il était ancré dans la tradition japonaise que ce premier stade n'avait rien de dégradant, et il était plutôt honorable de se voir confier cette mission. Un matin, le supérieur de Mr Saito, Mr Omochi, reçut une importante délégation de représentants issus du monde entier. Cette fois encore, Amélie-San, sans broncher, s'exécuta à leur servir le thé selon toutes les conventions et en prenant bien soin de ne commettre aucune erreur. La délégation partie, Mr Omochi, dont la voix résonnait comme un hurlement convoqua Mr Saito dans son bureau qui, à son tour, convoqua Amélie-San.

Dès ce moment, la vie d'Amélie-San au sein de la société allait basculer. Les premiers reproches, que l'on qualifiera volontiers d'infondés, tombèrent. En effet, Mr Saito réprima la jeune recrue, car elle ne s'était appliquée que trop bien à servir le thé aux invités présents lors de la convention. Les arguments fournis par son supérieur sont invraisemblables : ce dernier lui reproche d'avoir parlé le japonais à la perfection, argumentant qu'il était inadmissible pour une « blanche » de parler une langue étrangère avec autant d'aisance et que, dès lors, il fut impossible pour les personnes conviées de se sentir à l'aise et non espionnées. Elle reçut donc l'ordre de ne plus prononcer un mot en japonais. Abasourdie par cette convocation qui résonnait comme un affront, elle pensa démissionner sur-le-champ. Pourtant, elle ne voulait pas en rester là et décida de conserver son poste afin de ne pas perdre la face aux yeux de ses supérieurs. Là où une démission aurait été facilement acceptée dans le monde occidental, il n'en était rien aux yeux des Orientaux. Après tout, elle n'avait signé qu'un contrat d'un an, et elle pensait que les choses ne seraient pas toujours si difficiles.

Malheureusement, les choses ne s'arrangèrent guère au fil des jours. Elle fut bientôt la proie de toutes les critiques, reléguée aux taches les plus ridicules, condamnée à passer ses journées aux commandes de la photocopieuse, et recevant des insultes et des remarques à longueur de journée. Mais loin de perdre son sang froid, la narratrice poursuit son travail sans broncher.

Un jour, elle fut appelée par le directeur de la section « produits laitiers », Mr Tenshi. Ce dernier avait pour travail de mener une étude sur un nouveau procédé, mis au point en Belgique, qui consistait en l'extraction des matières grasses dans le beurre, et lui proposa de mener à bien ce projet. Amélie-San, qui n'attendait plus rien de cette société et n'avait, au fond, plus aucun espoir de se voir confier des tâches valorisantes, prit cette nouvelle comme un cadeau du ciel. Elle voyait tout à coup en ce Mr Tenshi un être un tant soit peu agréable à son égard. Bien entendu, la réaction de la jeune employée ne se fit pas attendre et elle accepta sa nouvelle mission avec une grande joie. Mais cette collaboration se révélait être un risque à prendre pour Mr Tenshi. En effet, il est délicat de confier une mission d'une telle envergure à une nouvelle recrue, qui plus est si cette dernière est une Occidentale. Mais qu'importe, la charge du rapport fut confiée à la jeune Amélie-San. Celle-ci prit de suite son travail très au sérieux et fut entièrement dévouée à son nouveau protecteur. Emportant du travail chez elle, mettant les bouchées doubles pour boucler le travail dans les délais impartis, elle remit fièrement son travail dès le lendemain. Enchanté, Mr Tenshi la félicite. Mais cette période de joie ne sera que de très courte durée. Très vite les deux compères furent convoqués par leur supérieur hiérarchique et le drame éclata. Ils furent tous deux brimés et insultés. La colère du supérieur fut déclenchée par le manque d'expérience de la jeune recrue, à qui il n'avait pas été correct de confier cette tâche. Les hurlements durèrent encore un long moment.

Le lendemain, la supérieure directe d'Amélie-San Melle Mori mit celle-ci au courant de sa nouvelle affectation. Elle serait désormais affectée à la comptabilité. Cette nouvelle tâche était affreusement ennuyeuse, mais permettait néanmoins à Amélie-San de s'occuper l'esprit tout en contemplant la beauté de Melle Mori, dont le bureau faisait face au sien. Rapidement, une nouvelle mission lui est confiée, toujours relevant du domaine de la comptabilité. Mais encore une fois, la jeune femme va vite déchanter. Elle se retrouve dans l'impossibilité de réaliser de simples calculs que sa supérieure effectue sous ses yeux en quelques secondes. Et par provocation elle est contrainte de recommencer inlassablement ses calculs, dont les résultats sont toujours faux. Amélie-San garde cependant son calme.

Mais bien vite, un nouvel incident allait arriver. Elle fut de nouveau appelée par son supérieur qui la traita d'incapable. Ils étaient furieux contre elle, contre son incapacité. Sa supérieure directe, Melle Mori semble lui en vouloir plus que jamais. Au lendemain de l'incident, Amélie-San reçut une nouvelle affectation : elle venait d'être mutée à la fonction de responsable des toilettes. Commença alors un calvaire qui allait durer sept mois. Mais Amélie-San ne voulait pas démissionner et perdre la face. Elle s'appliqua donc à sa nouvelle tâche avec beaucoup d'ardeur. Elle qui petite se croyait pouvoir égaler Dieu, elle avait perdu peu à peu toute sa dignité et était descendue, au fil des mois passés dans l'entreprise au plus bas des échelons. Mais bizarrement, cela ne déprimait pas Amélie-San.

En décembre le contrat d'Amélie-San touchait à sa fin. Elle avait décidé d'y mettre un terme. Elle se rendit donc auprès de Melle Mori à qui elle annonça la nouvelle. Bien entendu cette dernière jubilait et Amélie-San prenait un malin plaisir à dévaloriser sa personne, argumentant que bien que la société lui avait donné en de multiples occasions de faire ses preuves, elle avait échoué en toute occasion. Amélie-San rentra en Europe. Elle commença à rédiger un manuscrit dont le nom était *Hygiène de l'assassin*. Ce roman fut plus tard publié, en 1992. Un an plus tard, elle reçut une lettre de Tokyo. Elle pouvait y lire, en japonais, les félicitations de Melle Mori.

III. PRÉSENTATION DES PERSONNAGES PRINCIPAUX

Amélie-San

Amélie-San est le type même de l'Européenne arrivée au Japon devenue bouc-émissaire de la société. Elle est un personnage typique de l'œuvre d'Amélie Nothomb. Son comportement atypique et sa capacité à endosser toutes les responsabilités étonnent. Loin de se plaindre des différentes affectations qu'elle va recevoir, elle les assume, se jouant même d'être reléguée au nettoyage des toilettes. Son admiration et son respect vis-à-vis de la société japonaise l'empêchent de donner sa démission, même si de nombreux facteurs l'y poussaient. Elle est un personnage englouti et exploité par une société hiérarchique très puissante. Ce personnage renvoie à l'expérience de l'auteur qui découvrit par elle-même toutes les contradictions de la société et de la hiérarchisation japonaise.

Melle Mori Fubuki

Elle est la supérieure directe d'Amélie-San. Sa beauté, son impertinence et sa droiture fascinent la jeune fille. Elle est en apparence un personnage gentil, mais qui se révélera être tyrannique. Pourtant, l'admiration d'Amélie-San pour celle-ci ne sera jamais démentie. Sous des dehors fragiles et féminins, Melle Mori se révèle être une dominatrice peu soucieuse du destin d'Amélie.

IV. AXE DE LECTURE

Une critique de la société japonaise

Tout au long de l'œuvre, l'auteur expose, avec un œil sarcastique et sincère tous les vices de la société japonaise. Elle tend à démontrer les rouages d'une société typiquement hiérarchisée et les effets pervers inhérents à un tel système. Elle met également en relief, par ce portrait, les différences entre le système japonais et le système européen. L'analyse que fait l'auteur de cette société est sans appel : elle ne laisse rien passer et y démontre tous les vices. Aussi bien les rapports hommes femmes, la condition des femmes, le temps consacré au loisir, le fonctionnement de l'entreprise sont passés au peigne fin. Rien n'échappe à se critique et à son regard. On retrouve dans ce roman l'oppression de la liberté individuelle au service du travail toujours plus exigent et la mentalité perfectionniste de tout un pays et de toute une culture.

Loin des clichés d'un Japon excentrique et touristique, elle dresse ici un portrait sarcastique « de l'intérieur ». L'auteur y met en évidence le caractère xénophobe de la société et sa méfiance vis-à-vis des étrangers et ici plus particulièrement à l'égard des Occidentaux. Le personnage d'Amélie-San est remarquable à ce sujet. Finalement, il peut être perçu comme étant d'une intelligence supérieure à celle des Japonais. Le refus de démission de la jeune femme ainsi que son attitude vis-à-vis des évènements vécus en font plus une vedette qu'une victime. Intelligente plus qu'en apparence, Amélie-San en vient à se jouer de ces situations en trouvant sans cesse l'occasion de faire fonctionner son imagination et sa créativité. C'est cette dernière qualité ainsi que son humour qui lui permettent de survivre au beau milieu de cet enfer apparent.

Dans la même collection en numérique

Escadrille 80

Inconnu à cette adresse

La controverse de Valladolid

Les Vilains petits canards

Une partie de campagne

Cahier d'un retour au pays natal

Dora Bruder

L'Enfant et la rivière

Moderato Cantabile

Alice au pays des merveilles

Le faucon déniché

Une vie

Chronique des Indiens Guayaki

Je voudrais que quelqu'un m'attende quelque part

La nuit de Valognes

Œdipe

Disparition Programmée

Education européenne

L'auberge rouge

L'Illiade

Le voyage de Monsieur Perrichon

Lucrèce Borgia

Paul et Virginie

Ursule Mirouët

Discours sur les fondements de l'inégalité

L'adversaire

La petite Fadette

La prochaine fois

Le blé en herbe

Le Mystère de la Chambre Jaune

Les Hauts des Hurlevent

Les perses

Mondo et autres histoires

Vingt mille lieues sous les mers

99 francs

Arria Marcella

Chante Luna

Emile, ou de l'éducation

Histoires extraordinaires

L'homme invisible

La bibliothécaire

La cicatrice

La croix des pauvres

La fille du capitaine

Le Crime de l'Orient-Express

Le Faucon malté

Le hussard sur le toit

Le Livre dont vous êtes la victime

Les cinq écus de Bretagne

No pasarán, le jeu

Quand j'avais cinq ans je m'ai tué

Si tu veux être mon amie

Tristan et Iseult

Une bouteille dans la mer de Gaza

Cent ans de solitude

Contes à l'envers

Contes et nouvelles en vers

Dalva

Jean de Florette

L'homme qui voulait être heureux

L'île mystérieuse

La Dame aux camélias

La petite sirène

La planète des singes

La Religieuse

1984 A l'Ouest rien de nouveau

Aliocha

Andromaque

Au bonheur des dames

Bel ami

Bérénice

Caligula

Cannibale

Carmen

Chronique d'une mort annoncée

Contes des frères Grimm

Cyrano de Bergerac

Des souris et des hommes

Deux ans de vacances

Dom Juan

Electre

En attendant Godot

Enfance

Eugénie Grandet

Fahrenheit 451

Fin de partie

Frankenstein

Gargantua

Germinal

Hamlet

Horace

Huis Clos

Jacques le fataliste

Jane Eyre

Knock

L'homme qui rit

La Bête humaine

La Cantatrice Chauve

La chartreuse de Parme

La cousine Bette

La Curée

La Farce de Maitre Pathelin

La ferme des animaux

La guerre de Troie n'aura pas lieu

La leçon

La Machine Infernale

La métamorphose

La mort du roi Tsongor

La nuit des temps

La nuit du renard

La Parure

La peau de chagrin

La Petite Fille de Monsieur Linh

La Photo qui tue

La Plage d'Ostende

La princesse de Clèves

La promesse de l'aube

La Vénus d'Ille

La vie devant soi

L'alchimiste

L'Amant

L'Ami retrouvé

L'appel de la forêt

L'assassin habite au 21

L'assommoir

L'attentat

L'attrape-coeurs

Le Bal

Le Barbier de Séville

Le Bourgeois Gentilhomme

Le Capitaine Fracasse

Le chat noir

Le chien des Baskerville

Le Cid

Le Colonel Chabert

Le Comte de Monte-Cristo

Le dernier jour d'un condamné

Le diable au corps

Le Grand Meaulnes

Le Grand Troupeau

Le Horla

Le jeu de l'amour et du hasard

Le Joueur d'échecs

Le Lion

Le liseur

Le malade imaginaire

Le Mariage de Figaro

Le meilleur des mondes

Le Monde comme il va

Le Parfum

Le Passeur

Le Petit Prince

Le pianiste

Le Prince

Le Roman de la momie

Le Roman de Renart

Le Rouge et le Noir

Le Soleil des Scortas

Le Tartuffe

Le vieux qui lisait des romans d'amour

L'Ecole des Femmes

L'Ecume Des Jours

Les Bonnes

Les Caprices de Marianne

Les cerfs-volants de Kaboul

Les contes de la Bécasse

Les dix petits nègres

Les femmes savantes

Les fourberies de Scapin

Les Justes

Les Lettres Persanes

Les liaisons dangereuses

Les Métamorphoses

Les Mouches

Les Trois mousquetaires

L'étrange cas du Dr Jekyll et de Mr Hyde

L'Ile Au Trésor

L'île des esclaves

L'illusion comique

L'Ingénu

L'Odyssée

L'Ombre du vent

Lorenzaccio

Madame Bovary

Manon Lescaut

Micromégas

Mon ami Frédéric

Mon bel oranger

Nana

Ne tirez pas sur l'oiseau moqueur

Notre-Dame de Paris

Oliver twist

On ne badine pas avec l'amour

Oscar et la dame rose

Pantagruel

Le Misanthrope

Perceval ou le conte du Graal

Phèdre

Ravage

Roméo et Juliette

Ruy Blas

Sa Majesté des Mouches

Si c'est un homme

Stupeur et tremblements

Supplément au voyage de Bougainville

Tanguy

Thérèse Desqueyroux

Thérèse Raquin

Ubu Roi

Un Barrage contre le Pacifique

Un long dimanche de fiançailles

Un secret

Vendredi ou la vie sauvage

Vipère au poing

Voyage au bout de la nuit

Voyage au centre de la terre

Yvain ou le Chevalier au lion

Zadig

À propos de la collection

La série FichesdeLecture.com offre des contenus éducatifs aux étudiants et aux professeurs tels que : des résumés, des analyses littéraires, des questionnaires et des commentaires sur la littérature moderne et classique. Nos documents sont prévus comme des compléments à la lecture des oeuvres originales et aide les étudiants à comprendre la littérature.

Fondé en 2001, notre site FichesdeLectures.com s'est développé très rapidement et propose désormais plus de 2500 documents directement téléchargeables en ligne, devenant ainsi le premier site d'analyses littéraires en ligne de langue française.

FichesdeLecture est partenaire du Ministère de l'Education du Luxembourg depuis 2009.

Plus d'informations sur www.fichesdelecture.com